KB198825

난장판
우리 반이 달라졌어요!

마음 소통 1

난장판

우리 반이 달라졌어요!

글 정진 | 그림 젤리이모

아주 좋은 날

작가의 말

함께 연극 놀이를 하며 교실이 달라졌어요!

〈난장판 우리 반이 달라졌어요!〉는 새길초등학교 4학년 2반에서 있었던 일이에요. 교실엔 서로 도와주지 않고 말썽을 부리는 아이들로 가득했고, 담임 선생님은 몸이 너무 아파서 학교를 쉬게 되셨어요. 교실 분위기는 최악에 가까웠지요.

그런데 새로 오신 '정다정' 선생님을 만나면서 4학년 2반은 달라지기 시작했어요. 한때 연극 배우였던 '정다정' 선생님은 수업 시간에 '연극 놀이'를 통해 여러 가지 재미있는 수업을 함께 해나갑니다.

처음엔 하기 싫어하고 낯설게 느끼던 아이들이 협력하고 배려하는 마음을 조금씩 배우게 되었어요. 또 흥미로운 모둠 과제를 함께 해결하며 자신의 의견을 표현하고 다른 사람에게 잘 전달하는 법도 배우게 됐지요.

이 글을 쓰기 위해 학교에 계신 초등학교 선생님의 큰 도움을 받았습니다. 오랫동안 사랑으로 학교 현장을 지키신 우설이 선생님이 직접 '연극 놀이'를 통해 반 분위기를 변화시킨 경험담을 들려주셨어요. 선생님의 소중한 경험담이 이 작품 안에 고스란히 들어가 있습니다.

또 '교육 연극' 수업을 오랫동안 해 온 연극 배우 정필이 선생님도, 많은 어린이들이 연극 놀이를 통해 문제 해결 능력을 배우게 되고 협동심을 배웠다는 말씀을 해 주었습니다.

〈난장판 우리 반이 달라졌어요!〉를 통해 어린이들이 함께 힘을 모아 재미있고 따스한 학교를, 그리고 어린이들의 즐거운 놀이터를 만들어 나가기를 바랍니다.

우리 어린이들을 늘 응원하는

동화작가 정 진

차례

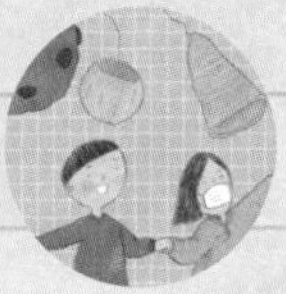

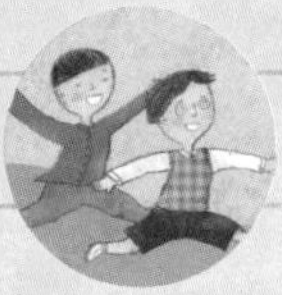

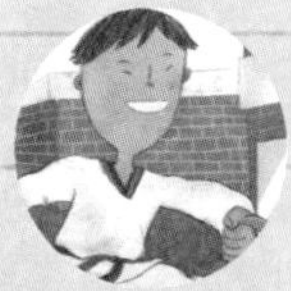

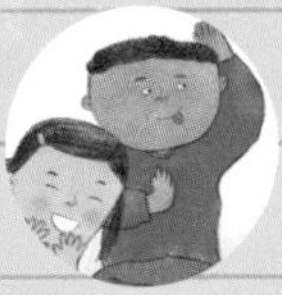

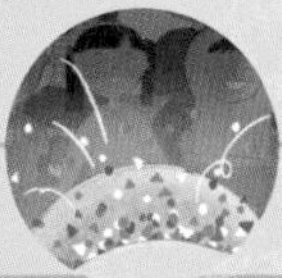

요괴 상자를 얻다

솔찬이는 아빠가 지어 주신 자기 이름이 참 마음에 들었어. '소나무처럼 푸르고 속이 꽉 차 여물었다'는 뜻을 가진 이름이기 때문이야.

특히 솔찬이에게는 늘 푸른 소나무처럼 변함없이 좋아하는 게 한 가지 있었거든. 그건 바로 오싹오싹하고 무서운 이야기야.

집에 형제가 없는 솔찬이는 심심할 때마다 같은 동네에 사는 큰집에 자주 놀러 가는데, 학원에 간 사촌형을 기다리며 방에 있는 책들을 골라 읽고 있으면 시간 가는 줄도 몰랐어. 중학교에 들어간 동찬 형의 책장엔 신기하고 재미있는 책들이 많았어. 그중에서도 솔찬이가 여러 번 읽은 책은 손오공이 나오는 〈서유기〉였어. 그날도 솔찬이는 키득키득 웃으며 그 책을 읽고 있었어.

그때, 학원에서 돌아온 동찬 형이 솔찬이를 보더니 활짝 웃었어.

"솔찬아, 너도 나처럼 요괴를 좋아하는구나! 손오공이랑 저팔계랑 사오정은 신토불이가 아닌 다 중국 요괴들이야.

근데 우리나라 요괴들은 더 흥미롭고 재미있는 거 알아?"

"형, 우리나라에도 요괴들이 많아?"

"그럼, 당연하지!"

알고 보니 동찬 형은 요괴 박사였어. 더욱이나 우리나라 요괴가 나오는 전설이랑 옛이야기가 들어간 책이랑 신기한 영상과 자료들을 많이 간직하고 있었어.

"이건 깡철이야. 용이 되지 못해서 여의주가 없는 거 보이지?"

동찬 형은 두껍고 튼튼한 마분지로 동그란 딱지를 만들었어. 거기에다 색연필과 다양한 펜으로 요괴들을 만화 캐릭터처럼 그려 넣었어.

"우와, 진짜 무섭다!"

형이 그린 깡철이는 눈에서 뜨거운 분노가 이글이글 타오르고 있었어.

"깡철이는 용이 되지 못해서 늘 화가 나 있어."

형이 만든 '요괴 딱지'들은 이미 열 장이 넘었어. 특히 '구미호'는 처녀 귀신처럼 무섭게 생겼고 호랑이 요괴인 '장산

범'은 이빨이 아주 무시무시했어.

"형, 우리나라 요괴들이 이렇게 많은지 처음 알았어."

"난 중국의 〈서유기〉나 일본의 〈포켓몬스터〉보다 더 재미있고 독특한 우리나라 K-요괴들을 온 세계에 알리고 싶어! 웹툰 작가가 되어 손오공보다 더 멋진 캐릭터를 만드는 게 꿈이거든."

"우와, 우리 형 참 근사하다!"

솔찬이는 동찬 형한테 감탄했어. 덩달아 우리나라 요괴들에 관심이 많아지게 됐지.

3학년 겨울 방학 때, 솔찬이는 동찬 형을 따라 산촌 박물관에 갔어. 형이 산촌에 사는 동물들에 관심이 많았거든. 형의 말로는 동물이 요괴가 되는 경우가 많다고 했어. 특히 깊은 산에 사는 여우나 너구리나 호랑이가 말이야.

"동물에 관한 신기한 이야기가 듣고 싶다고?"

동찬 형이 물어 보자, 문화관광해설사 할아버지가 이야기를 하나 들려주셨어. 다람쥐에 대한 건데 처음 듣는 거였어.

다람쥐는 오늘만 사는 게 아니라 내일을 생각할 줄 안대.

깡철이

그래서 가을이 가기 전에 비상식량으로 도토리를 열심히 모은다는 것을 알게 되었어. 그렇게 모은 도토리를 옮길 때엔 입안에 넣어서 옮긴대. 양 볼에 작은 주머니가 있어서 그 안에 담아 옮기는 거지. 부지런히 옮긴 뒤에는 아무도 모르는 비밀 장소에 꽁꽁 묻어 둔대.

근데 그걸로 끝이 아니야. 엄청난 반전을 알게 되었는데, 나중에 먹이가 떨어진 다람쥐가 비밀 장소를 찾으러 나왔을 때, 글쎄 그 비밀 장소를 아무리 살펴보아도 찾을 수가 없대. 눈앞이 아찔한 다람쥐는 코를 킁킁거리며 여기저기 찾아다니지만 도토리를 한 개도 못 찾는다는 거야.

"누가 훔쳐 갔나요? 청설모나 다른 새들 짓일까요?"

문화관광해설사 할아버지는 아니라고 하셨어.

"그건 아니란다."

"그럼, 왜 못 찾았어요?"

"그건 다람쥐 탓이지. 구름 밑에다 도토리를 감추어 놓았으니 못 찾은 거야."

"네에?"

"구름 밑에 도토리를 감추었다고요?"

동시에 놀라서 목소리가 높아졌어.

"왜 하필이면 구름 밑에다가 감춰요?"

다람쥐는 비밀 장소를 정할 때, 하늘을 올려다보고 자기 마음에 드는 모양의 구름을 기준으로 삼는대. 자기가 좋아하는 모양을 가진 구름 밑에다 도토리들을 묻는다고 했어. 그러니까 다람쥐는 구름이 바위나 도토리나무처럼 그 자리에 계속 있는 줄 알았던 거야.

"다람쥐는 몸집은 작아도 잽싸고 영리해 보였는데……."

"다람쥐가 그렇게 바보라니 믿어지지 않아요."

동찬 형이 의심하는 표정을 지었어. 그러자 문화해설관광사 할아버지는 자신 있게 사실이라고 하셨어. 동물 다큐멘터리를 찍으려고 오랫동안 다람쥐를 관찰하고 연구한 사람들이 알아낸 연구 결과라고 말이야.

"도대체 다람쥐 아이큐는 몇일까?"

솔찬이가 고개를 갸우뚱하는데, 옆에 있던 동찬 형의 표정이 딱딱해졌어. 그러더니 한숨을 크게 '푸우' 하고 내쉬었어.

"형, 왜 그래?"

"솔찬아, 다람쥐 아이큐 따질 거 없어. 내가 꼭 그 다람쥐 같아."

"형, 지금 장난치는 거지?"

힐끗 보니 장난이 아니었어. 동찬 형의 눈이 시무룩해 보였어.

다람쥐 이야기를 들려준 문화관광해설사 할아버지한테 감사하다고 인사를 꾸벅하고는 산촌 박물관을 나왔어.

"형이 왜 다람쥐 같아?"

궁금해서 물어보지 않을 수가 없었어.

"왜 그런 줄 알아? 다람쥐가 엉뚱하게 구름을 믿었다가 도토리를 다 잃어버린 거잖아. 나도 엄마가 모를 줄 알고 여행 가방 안에다 요괴에 관한 모든 자료들을 넣어 두었거든. 근데 엄마가 하필이면 내 여행 가방을 열어 보는 바람에 딱 걸린 거야."

"헉!"

듣기만 해도 성난 코뿔소처럼 변난 큰엄마의 모습이 떠올랐어. 평소엔 인자하고 생글생글 잘 웃는 큰엄마지만 동찬 형 때문에 화가 나면 코뿔소 얼굴이 되거든.

"으윽, 끔찍했겠다!"

"우리 엄마 성격 알지? 내 소중한 자료를 싹 다 버렸어."

"어휴!"

큰엄마는 형의 꿈을 지지하지 않는다는 걸 과격한 행동으로 보여 주신 거야. 우리나라 '요괴'를 그리는 웹툰 작가가 되고 싶은 형의 꿈을 말이야.

"그래도 딱 하나 남은 게 있어. 친구들 보여 주려고 학교에 가져간 게 신의 한 수였지!"

동찬 형은 가방 뒷주머니에서 손바닥만 한 상자를 꺼냈어. 뚜껑이 파란 네모난 상자였어.

"우와, 나 알아! 이 상자 안에 뭐가 있는지."

솔찬이가 손뼉을 치며 반가워했어.

"여기에 형이 만든 '요괴 딱지'가 들어 있잖아."

동찬 형이 힘차게 고개를 끄덕였어.

"역시! 넌 내 마음을 잘 알지. 우리 집은 아주 위험한 장소가 되었어. 언제 요괴 딱지가 또 사라질지 몰라. 그래서 차라리 너한테 주려고."

"진짜? 내가 가져도 돼?"

"그 대신 잃어버리지 말고 잘 간직해야 돼!"

"형, 정말 고마워! 절대 잃어버리지 않을게."

솔찬이는 가슴이 뭉클해졌어. 마음에 드는 '요괴'를 찾아서 딱지 한 장을 완성하기까지 동찬 형이 얼마나 정성을 다해 그리는지 잘 알거든. 여러 번 연필로 스케치 연습을 하고 나서 형은 색칠을 시작했어. 그러다 색칠한 게 마음에 들지 않으면 또 다시 그리는 걸 많이 보았거든.

"요괴 딱지를 주는 대신, 너한테 부탁이 하나 있어."

"뭔데, 형?"

"세상엔 어딜 가나 나를 괴롭히는 아이가 있더라고. 꼭 요괴처럼 생긴 애가 말이야."

솔찬이의 눈이 동그래졌어.

"형, 형도 그런 적이 있어? 나만 그런 줄 알았는데."

이번엔 동찬 형의 눈이 보름달처럼 커졌어.

“너도? 그럼 형한테 진작 말하지 그랬어.”

“괜찮아. 난 이제 전학 가는데, 뭐.”

솔찬이는 함빡 웃었어. 새로운 학교로 간다니 마음이 풍선처럼 붕 떠오르는 거야.

3학년 내내 솔찬이를 괴롭힌 아이는 바로 엄마 친구 아들이었어. 솔찬이는 원래 수업 시간에 발표를 참 잘했어. 손을 번쩍 들고 시원시원하게 발표하는 솔찬이를 선생님들이 예뻐하고 칭찬해 주셨어. 근데 3학년이 되자, 솔찬이를 싫어하는 아이가 나타났어. 반에서 남자 반장인 도영이였어. 도영이는 공교롭게도 솔찬이 엄마의 친구 아들이었어. 서로 어릴 때부터 알았는데도 같은 반이 되자 솔찬이를 싫어했어. 싫어하는 그 이유는 솔찬이가 ‘선생님한테 잘 보이려고 수업 시간에 잘난 척하고 나댄다’는 거였어. 배신감에 마음이 너무 안 좋았어. 말도 안 되는 소리였지만 아이들은 반장인 도영이 말을 믿고 따랐어. 솔찬이가 수업 시간에 발표만 하면 아이들이 “우우” 하며 야유를 하고 킥킥 웃었어. 아무도 말을 걸지 않았고 투명인간처럼 대했어. 급식 시간에도 솔찬이는 혼자 밥을 먹었고, 집에 오고 갈 때에도 혼자였어. 마치 무인도에 혼자 있는 것 같은 나날의 연속이었어. 점점 기가 죽은 솔찬이는 더 이상 수업 시간에 발표를 하지 않게 되었어. 선생님이 무슨 일이 있냐고 물어 보아도 고개를 도리도리 흔들며 아무 일도 아니라고 대답하게 되었어. 심지어 엄마랑 아빠한테도 말하지 않았어.

"그래서 전학 가는 거야?"

동찬 형이 물었어.

"아냐, 형. 어차피 할머니가 큰 수술을 받고 아프시니까 할머니 댁 근처로 이사를 가는 거지."

할머니가 많이 편찮으셔서 할머니 댁 근처로 이사를 가야겠다고 부모님이 말을 꺼냈을 때, 솔찬이는 가장 먼저 찬성을 했어. 사실 속으로 얼마나 기뻤는지 몰라.

"솔찬아, 근데 너무 안심하지 않는 게 좋아. 내 경험상, 어디에 가나 나를 괴롭히는 녀석은 꼭 있더라고."

그 말을 들은 솔찬이는 펄쩍 뛰었어.

"안 돼, 형!"

"네가 또 실망할까 봐 그렇지. 새 학교에 가서 혹시 괴롭히는 녀석을 만나더라도 절대 쫄지 마! 좋은 방법이 있거든."

귀가 솔깃한 말이었어.

"그게 뭔데?"

"이 상자를 일단 열어 봐."

"여기엔 요괴 딱지들이 들어 있잖아."

"아주 얄미운 녀석이 나타날 때마다 찾아보는 거야. 그 녀석과 꼭 닮은 요괴 캐릭터가 있을 거라고."

"찾은 다음엔?"

"4학년 때 강낭콩 관찰하는 거 배우거든. 강낭콩 관찰하듯이 자세히 관찰하라고. 너만의 '요괴 관찰 일기'를 쓰는 거야. 물론 욕도 실컷 써도 돼."

"그런 관찰 일기도 다 있어? 처음 들어 봐."

어쩐지 웃겨서 솔찬이는 웃음이 푹 나왔어.

"난 지금도 요괴 관찰 일기를 계속 쓰고 있어. 쓰고 나면 속이 뻥 뚫리고 얼마나 마음이 후련한지 몰라. 팥빙수 열 그

릇은 먹은 기분이라니까."

"중학교에 가서도 계속 썼다고?"

"그렇다니까. 앞에서 대놓고 못 하는 욕을 실컷 쓰다 보면 재미있는 에피소드가 막 생겨. 나중에 웹툰 소재로 다 쓸지도 몰라."

동찬 형의 눈빛이 반짝거렸어.

"형이 좋다면 좋은 거지, 뭐. 나도 생기면 써 볼게."

왠지 미덥지 않았지만, 솔찬이는 고개를 끄덕였어.

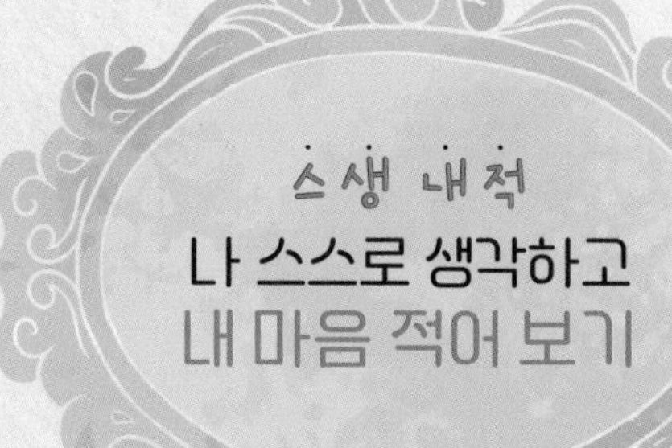

스생 내적

나 스스로 생각하고 내 마음 적어 보기

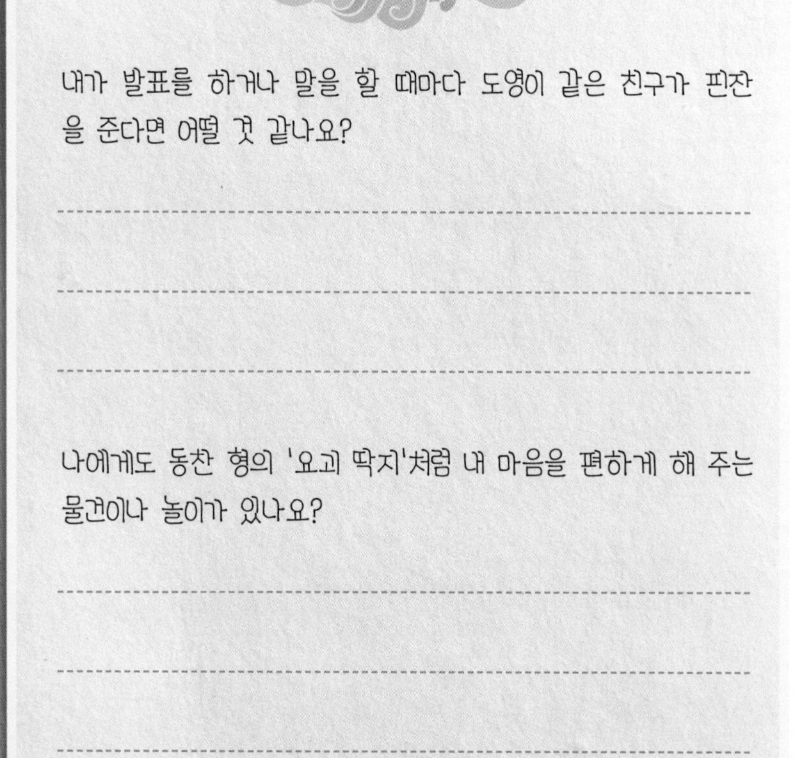

내가 발표를 하거나 말을 할 때마다 도영이 같은 친구가 핀잔을 준다면 어떨 것 같나요?

나에게도 동찬 형의 '요괴 딱지'처럼 내 마음을 편하게 해 주는 물건이나 놀이가 있나요?

'깡철이'
같은 아이

이게 웬일이야, 동찬 형이 한 말이 맞았어. 솔찬이는 새길초등학교 4학년 2반에 전학 가자마자 '요괴'를 닮은 아이를 금방 만나게 되었어. 그러니까 1학기 반장 선거가 있던 날이었어.

남자 반장 후보로 강욱이란 아이가 제일 먼저 나왔어.

까무잡잡한 얼굴에 눈이 옆으로 길게 찢어져 꼭 뱀 눈처럼 보였어. 태권도 도복을 항상 입고 다녔는데, 솔찬이가 보기에 허리에 두른 검은 띠를 자랑하고 싶은 눈치였어.

강욱이는 칠판 앞에 서더니 느닷없이 헛기침을 했어. 할아버지처럼 "에흐음, 에흐음" 하며 목소리를 가다듬었어. 그 소리가 웃겨서 아이들이 하하하 웃자, 강욱이는 우쭐해졌어.

"여러분, 내가 반장이 되면 우리 반을 아주 재미있는 반으로 만들겠습니다. 매일 운동장에 나가서 여러분이 좋아하는 축구나 피구를 하겠습니다. 또 원하는 사람들에게는 특별히 태권도도 공짜로 가르쳐 줄게요. 태권도 학원비를 절약하게 되면 여러분 엄마랑 아빠도 엄청 좋아하실걸요. 차라리 그 돈으로 피자나 치킨을 실컷 사 먹으면 여러분도 좋고요. 그러니 망설이지 말고 나, 변강욱을 반장으로 뽑아 주세요."

강욱이는 허공을 향해 갑자기 "얍!" 하고 외치면서 몸을 360도 회전하는 발차기를 했어. 태권도 실력을 증명하고 싶었나 봐.

"우와아!"

남자애들 몇 명이 박수를 크게 치며 호응해 주었어. 하지만 여자애들은 거의 다 시큰둥한 반응이었어.

"누가 태권도 가르쳐 달래?"

"공짜면 다 좋아하는 줄 아나 봐."

"매일 운동장에 나갈 일 있냐고."

그러더니 반장 선거에서 뚝 떨어지고 말았어. 대신에 김선우란 아이가 반장이 되었어.

"1학기 반장은 김선우가 되었어요."

선생님이 발표하자, 여자애들이 환호하며 박수를 뜨겁게 쳐 주었어. 김선우는 영어 전담 선생님이 '근사한 영국 신사'라는 별명을 붙여 줄 정도로 다른 아이들을 잘 배려하는 아이였어. 물론 별명에 걸맞게 영어도 잘하지만 여자애들에게 욕을 하지도 않고 말을 예쁘게 한다고 인기가 좋았어.

"우리 반 여자 반장은 유소정이 되었어요."

이번에는 남자애들도 박수를 크게 쳐 주었어. 유소정은 공부도 잘하고 운동도 잘하지만 하나도 잘난 척을 하지 않는다고 애들이 좋아했어.

당연히 반장이 될 줄 알았던 강욱이는 충격을 받았는지, 고개를 푹 수그리고 도망치듯이 교실 문을 빠져나갔어. 그 뒤를 수행 비서처럼 졸졸 따라가는 아이가 있었는데, 강욱이의 오른팔인 호준이었어.

근데 이게 웬일이야. 바로 다음 날 아침에 강욱이는 화가 잔뜩 난 모습으로 나타났어.

"야, 김선우! 어제 반장 선거는 무효라고."

선생님이 교탁 앞에 앉아 계시는데도 강욱이는 아랑곳하지 않고, 선우의 눈을 똑바로 바라보며 큰소리로 외쳤어.

김선우뿐 아니라 다른 아이들까지 어리둥절해졌어.

"강욱아, 그게 무슨 소리야?"

선생님이 물어 보셨어.

“선생님, 우리 반 남자 반장 다시 뽑아요.”

강욱이가 기다렸다는 듯이 말했어.

“어제 우리 반 남자 반장은 잘못 뽑은 거예요.”

엄청 억울한 듯이 말했어.

“그렇지 않아. 분명히 비밀 투표로 공정하게 선출했어.”

선생님이 엄하게 말씀하셨어.

“에이, 아니거든요. 그게 아니란 말이에요.”

강욱이는 가슴을 탕탕 치며 말했어.

“김선우가 우리 반 여자애들을 다 꼬신 거예요. 그래서 반장이 된 거니까 잘못이죠.”

여자애들이 어이가 없다고 펄쩍 뛰었어.

“뭘 꼬셨다는 거야?”

“쟤 머리가 어떻게 된 거 아냐?”

“진짜 어이가 없다!”

교실 안이 소란스러워졌어.

“조용히! 강욱이가 뭔가 착각을 한 것 같구나.”

선생님은 조금도 흔들리시지 않았어. 그러자 강욱이는 눈에서 뜨거운 불이 금방 튀어나올 듯이, 주먹을 폈다, 쥐었다 하면서 어깨도 들썩들썩하는 거였어.

'자기가 떨어졌다고 반장 선거를 다시 하자고? 엄청 승부욕이 강해서 지고는 못 사는 애 같아! 좀 무서운 애네.'

솔찬이는 강욱이를 계속 쳐다보았어. 그러다 문득 떠오르는 요괴가 있었어.

'깡철이!'

정말 닮았는지 확인하려고 책상 밑에서 딱지통을 열고 확인해 보았어.

'똑같다, 똑같아!'

용이 되지 못해 화가 난 이무기 '깡철이'랑 강욱이의 눈매가 아주 닮았어.

'하는 행동도 깡철이 같은지 앞으로 살펴봐야지.'

과연 깡철이처럼 강욱이는 반장이 되지 못해 심술을 부리기 시작했어. 특히 선생님을 일부러 괴롭히는 것 같았어.

수업 시간에 의자에 등을 붙이고 바른 자세로 있지도 않았어. 책상에 엎드리거나 뒤로 목을 젖히고 천정을 올려다

보고 있었어.

"강욱아, 똑바로 앉아."

선생님이 지적을 하시면 잠시 의자에 등을 붙였지만 그건 잠깐이었어. 선생님이 뒤돌아서면 또 자세가 흐트러졌거든.

그러다가 앞에 앉아 있는 애한테 괜히 장난을 쳤어. 엄지 손가락 두 개로 등을 꾹 찌른 뒤에, 그 아이가 움찔해서 뒤돌아보면 시치미를 딱 떼는 거야.

"뭘 봐?"

오히려 퉁명스럽게 물어 보는 바람에 앞에 앉은 아이는 깜박 속았어. 할 수 없이 그 아이는 고개를 갸웃하며 다시 돌아앉았어.

그럼, 강욱이는 두 손으로 입을 가리고 어깨를 솥뚜껑처럼 들썩거리며 웃었어. 이번에는 야구를 하는 투수처럼 폼을 잡더니, 세

번째 줄에 앉아 있는 선우를 공격하려고 했어. 콩알만 한 지우개를 몇 개 구해서 선우의 뒤통수를 향해 여러 번 겨냥했어. 그러다 한번은 정통으로 맞추었어.

선우는 잠시 오른손으로 뒤통수를 어루만지긴 했지만 뒤를 돌아보진 않았어. 뭔가 눈치챈 것처럼 말이야.

강욱이가 약이 올라 이번에는 딱딱한 왕 지우개를 던지려고 폼을 잡을 때였어.

"강욱아, 수업 시간에 장난치지 마!"

꼬리가 길면 잡힌다고 선생님의 눈에 띄고 만 거야. 선생님이 정색을 하고 말씀하셨어. 그런데도 강욱이는 태연했어.

"저, 아무 짓도 안 했는데요."

솔찬이는 그런 강욱이를 계속 은밀하게 관찰했어.

'저 강욱이란 애는 우리 반 '요괴'인 게 확실해!'

솔찬이는 작은 수첩을 꺼내 강욱이가 하는 말과 행동을 깨알같이 적기 시작했어.

강욱이는 수업 시간에도 팝콘처럼 튀어 오르는 아이였어. 발표할 기회가 생기면 가장 먼저 손을 번쩍 들었어. "저요, 저요" 하고 외치는 강욱이의 목소리가 어찌나 우렁찬지 다른 아이들의 목소리가 묻혀 버릴 정도였어.

"강욱이 발표해 봐."

강욱이는 발표를 잘했어. 특히 국어 시간이나 사회 시간에 정답을 잘 맞히는 걸 보면 머리가 꽤 좋은 것 같긴 했어.

근데 문제는 계속 저 혼자만 발표를 독점하려고 한다는 거야.

자리에서 벌떡 일어나서 “저요, 저요” 하면서 계속 큰소리로 외쳐 댔어.

“강욱아, 방금 발표했잖아. 다른 친구들도 발표할 기회를 가져야지.”

선생님이 말씀하셨어. 그러자 강욱이는 김빠진 것 같은 표정을 지으며 금세 흥미를 잃어버렸어. 수업을 듣지 않겠다고 작정한 것처럼 책상에 얼굴을 파묻고 엎드리고 말이야.

“강욱아, 수업 시간에 뭐 하는 거야? 엎드려 있지 말고 똑바로 앉아.”

선생님이 목소리를 높이자, 강욱이는 조금도 겁내지 않았어. 별안간 자리에서 벌떡 일어났어.

“갑자기 배가 너무 아파요. 교실에서 똥 쌀 거 같은데 어떻게 하죠?”

아이들이 어처구니가 없어서 까르르 웃었어. 그러자 강욱이는 우쭐해져서 입꼬리가 쓰윽 올라갔어.

‘선생님을 이겨 먹으려고 하네.’

솔찬이는 너무 기가 막혀서 강욱이가 선생님을 골탕 먹이는 모습이 하나도 재미있지 않았어.

“그럼, 전 이만. 급한 똥 해결하고 올게요.”

선생님이 미처 허락하기도 전에, 교실 뒷문을 향해 어기적어기적 걸어 나갔어.

선생님은 입이 딱 벌어져 멍해지셨어. 이때다, 하고 강욱이의 단짝인 호준이가 손을 번쩍 들었어.

“선생님, 저도 화장실이 급해서…….”

호준이까지 따라 나갔어.

원래도 하얗던 선생님의 얼굴이 더 창백해져서 노랗게 보였어. 머리가 아프신지 왼손으로 뒷머리를 잡으셨어.

“하아.”

선생님은 힘이 쭉 빠지신 것 같았어. 강욱이가 빠져나간 교실 안은 분위기가 산만해졌어. 강욱이의 행동이 이러니저러니 하고 아이들이 떠들며 야단이었지.

쉬는 시간에 선생님이 약통을 꺼내 약을 먹는 횟수가 점점 많아져서 솔찬이는 걱정이 되기 시작했어. 늘 교실 안을 관찰하는 게 습관인 솔찬이 눈에 띈 거야.

'선생님이 어디가 많이 아프신가?'

솔찬이는 걱정이 되었어. 선생님 곁에 다가가 괜찮으신지 묻고 싶었어. 하지만 선생님 곁에 다가가고 싶은 마음을 꾹 참았어.

'지난번처럼 또 왕따가 되면 안 돼. 괜히 아이들 눈에 띄어 나댄다고 욕을 먹기는 싫어!'

하루는 체육 시간에 피구를 하게 되었어. 4학년 2반 남자애들과 여자애들이 다 같이 좋아하는 운동이라서 선생님이 특별히 하도록 해 주신 거였어. 남자애들과 여자애들이 반씩 섞여서 두 팀으로 나뉘었어.

'신난다!'

유일하게 솔찬이가 잘하는 운동이 피구였어. 새로 만난 친구들에게 뭔가 잘하는 모습을 자연스럽게 보여 줄 기회가 온 거야.

피구를 할 때 같은 팀을 위해 잘하는 건 나대는 게 아니라고 생각했어.

솔찬이는 강욱이랑 다른 팀이 되었어.

“다 죽었어!”

강욱이는 큰소리로 외치면서 기선제압을 하려고 했어. 공을 던질 때 어찌나 과격하게 던지는지 꼭 성난 고릴라 같았어. 솔찬이네 팀 아이들은 강욱이의 파워가 무서워서 도망가기 바빴어.

유일하게 솔찬이만 공을 무서워하지 않았어. 유치원 다닐 때부터 동찬 형한테 피구를 배우면서 눈을 똑바로 뜨고 공을 받는 연습을 많이 해 본 덕분이야.

“에잇!”

강욱이가 공을 아주 세게 던졌어.

솔찬이는 눈을 크게 뜨고 공이 날아오는 방향을 정확하게 보았어.

“퍽!”

솔찬이는 펄쩍 뛰어오르면서 그 공을 확 잡아챘어.

“우와!”

아이들이 모두 감탄하는 소리를 냈어.

“살았다!”

피구왕 술찬
레벨 LV. 10
공격력 859 +15
방어력 999 +20
명중도 784 +10 +15
Bonus
회피율 999

방금 공에 맞아 나갔던 친구가 함박웃음을 지으며 들어왔어.

"나솔찬, 잘한다!"

강욱이는 놀란 눈으로 솔찬이를 보았어.

이번에는 솔찬이가 공격할 차례였어. 솔찬이가 공을 던지려고 번쩍 들어 올리자, 강욱이는 얼른 등을 돌렸어. 공을 피해 도망가는 강욱이의 등짝을 향해 솔찬이는 공을 세게 던졌어. 정확하게 공은 강욱이의 넓은 등짝을 맞추고 땅으로 떨어져 데굴데굴 굴러갔어.

"아얏!"

강욱이가 비틀거리다 넘어질 뻔 했어.

"하하하, 쌤통이다!"

솔찬이네 팀 아이들이 좋아서 큰소리로 웃었어.

"강욱이 아웃!"

그때였어.

"삐이익!"

경기가 끝났음을 알리는 호루라기 소리가 들렸어. 솔찬이의 눈부신 활약으로 강욱이네 팀을 이기게 되었어.

"나솔찬, 강욱이를 이기다니 대단한걸!"

선우가 감탄한 듯이 솔찬이를 보았어.

"나솔찬 다시 봤어!"

애들이 솔찬이를 쳐다보는 눈빛이 달라졌어.

근데 솔찬이는 뒤통수가 이상하게 따가웠어. 돌아보니 강욱이가 이글이글 타오르는 눈으로 솔찬이를 태워 버릴 듯이 째려보는 거였어.

"나솔찬, 너 아까 반칙했어. 선을 넘은 거 내가 봤거든. 그러니까 이 시합은 무효야."

또 시작이었어. 자기가 지면 어떤 핑계를 대서라도 인정하지 않는 거 말이야.

'얘는 반장 선거 때도 그러더니!'

솔찬이는 분명하게 짚고 넘어가야겠다고 생각했어.

"난 반칙한 적 없거든."

마침 같은 팀이던 소정이가 옆에 서 있었어.

"맞아. 나솔찬은 선을 넘은 적 없어."

소정이가 야무지게 한마디 하자, 강욱이의 얼굴이 새빨개졌어.

"넌 뭐야? 괜히 깝치지 말고 빠져."

강욱이가 눈을 허옇게 뜨고 눈동자를 데굴데굴 굴리면서 말하자, 소정이는 심판을 맡았던 선생님한테 다가갔어.

"선생님, 혹시 나솔찬이 선 넘은 거 보셨나요?"

선생님이 고개를 가로저으며 말씀하셨어.

"무슨 소리야? 솔찬이가 반칙하는 거 못 봤는데."

강욱이는 선생님한테 막 대들었어.

"아니거든요. 선생님이 다른 데 보느라 놓친 거예요. 분명히 나솔찬이 선을 넘었다니까요."

선생님은 미간을 찡그리며 언짢아 하셨어.

"체육 시간은 이제 끝났어. 강욱이는 패배를 깨끗이 인정하는 법을 좀 배워야겠다."

솔찬이는 안도의 한숨이 나왔어.

'후유, 살았다!'

억울하게 반칙을 했다는 누명을 쓰게 될까봐 가슴이 쿵덕

쿵덕했거든.

“나솔찬, 쪼그만 생쥐 같은 녀석이 진짜 재수 없어!”

별안간 솔찬이를 향해 강욱이가 발차기를 날렸어. 누명을 벗었다고 안심하던 솔찬이는 기습 공격에 땅바닥으로 나동그라졌어.

“아얏!”

강욱이의 발차기는 아주 강력한 한 방이었어. 솔찬이는 아파서 신음이 저절로 나왔어.

“넌 오늘 죽었어!”

강욱이는 발차기로 부족했는지 이번에는 바닥에 쓰러진 솔찬이 위에 올라타고 얼굴을 주먹으로 때리려고 했어.

“강욱아, 안 돼!”

선생님이 황급히 달려오셨어. 강욱이의 두 팔을 잡고 말리려고 했지만 강욱이 힘이 훨씬 더 셌어.

“악!”

강욱이의 거친 팔 힘에 선생님이 옆으로 넘어지며 뾰족한 화단 모서리에 얼굴을 부딪치는 순간, 아이들은 놀라서 비명을 질렀어. 정말 순식간에 일어난 일이었어.

"선생님, 얼굴에서 피가 나요!"

소정이가 놀라서 외쳤어.

선생님의 이마에 피가 흐르는 걸 본 여자애들이 비명을 질렀어.

"얘들아, 괜찮아. 선생님은 괜찮아."

선생님이 가까스로 일어나면서 아이들을 안심시켜 주셨어. 선우랑 소정이가 선생님을 부축해 양호실로 모시고 갔어. 가면서 소정이가 강욱이를 확 째려보았어.

"내가 그런 거 아니라고!"

강욱이가 소리를 빽 질렀어. 그러더니 교실이 아니라 교문을 향해 미친 듯이 뛰어가 버렸어. 마치 누가 쫓아오는 것처럼 허겁지겁 말이야.

솔찬이는 가슴이 쿵쾅거렸어. 머릿속까지 쿵쾅거리는 것 같았어. 어째 불길한 느낌이 자꾸 들면서 말이야.

'어떡하지! 선생님이 나를 구해 주시려다가 다치신 거잖아!'

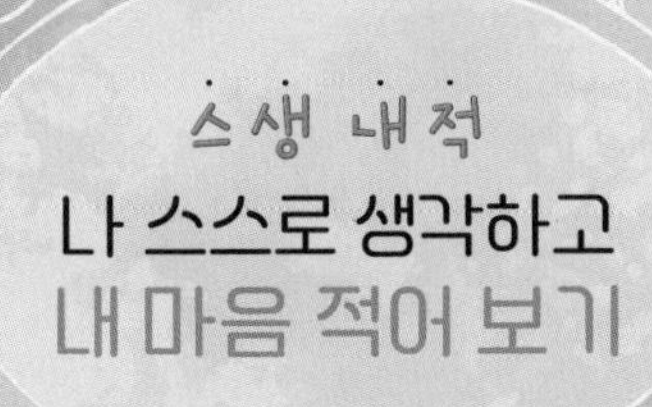

스생 내적

나 스스로 생각하고 내 마음 적어 보기

강욱이 같은 친구가 발차기로 나를 아프게 한다면 나는 어떻게 반응할까요?

선생님이 다치셨을 때 다른 친구들은 보고만 있다면 나는 어떻게 할 수 있을까요?

새로 오신
선생님

솔찬이의 불길한 예감은 적중했어. 선생님은 그날 응급실에 가셔서 다친 이마는 잘 꿰맸지만, 여러 가지 검사를 하다가 건강이 안 좋은 걸 발견하게 되셨대. 그래서 급하게 휴가를 내고 당분간 학교에 나오지 못하게 되셨어. 병원에서 치료를 받게 되신 거지.

"선생님이 학교에 못 나오시게 된 건 체육 시간에 넘어진 일이랑 상관이 없어요. 그러니 여러분은 걱정하지 말라고 하셨어요. 선생님이 여러분한테 꼭 전해 달라고 하셨답니다."

옆 반 선생님이 찾아와 알려 주셨어.

'후유, 불행 중 다행이야!'

선생님이 아프신 건 정말 속상하지만 그래도 솔찬이는 한편으로 안심이 되었어. 솔찬이를 지켜 주려고 하시다가 선생님이 넘어지셨는데, 만약 그 일로 선생님이 크게 다치셨다면 솔찬이의 마음속 바윗덩어리는 태산이 될 뻔 했어.

'깡철이 녀석은 어떨까?'

강욱이의 반응이 궁금해 슬쩍 곁눈으로 보았어. 그랬더니 강욱이가 가슴을 쓸어내리며 안도의 한숨을 내쉬고 있었어.

다음 날, 선생님이 안 계신 교실은 시끄럽고 난장판이 되었어.

"얘들아, 조용히 좀 해!"

반장 선우가 앞에 나가 큰소리로 외쳐도 아무 소용이 없었어. 특히 강욱이가 큰소리로 요란하게 웃고 있었어.

"얘들아, 이 유튜브 영상 봐. 진짜 대박이야!"

강욱이가 보여 주는 영상을 보던 아이들이 키득키득 웃었어. 그때였어.

"야, 변강욱! 넌 지금 웃음이 나오니?"

찬바람이 쌩쌩 도는 말투의 주인공은 소정이었어.

"아, 뭐래."

강욱이는 시큰둥했어. 그래도 소정이한테는 욕을 하거나 때린 적은 없었어.

"선생님이 아파서 못 나오시는데, 넌 뭐가 그렇게 즐겁냐고."

소정이는 어쩌면 반에서 유일하게 강욱이를 겁내지 않는 아이였어.

“선생님이 아픈 거랑 나랑 무슨 상관이야? 어제 옆 반 선생님이 하는 말 못 들었어?”

강욱이의 눈꼬리가 휘익 올라갔어.

“하여튼 선생님이 못 나오시니까 넌 아주 신났구나. 난 선생님이 아프신 게 너랑 상관있다고 봐.”

소정이가 거리낌 없이 말했어.

‘우와, 마음속에 있는 말을 대놓고 하다니 진짜 용감하다!’

솔찬이는 진심으로 놀랐어.

다른 아이들도 역시 놀란 눈치였어. 갑자기 교실 안이 싸해지면서 조용해졌어.

“그럼 나 때문에 선생님이 병이 났다는 거냐고.”

강욱이가 책상을 주먹으로 쾅 내리쳤어. 옆에 있던 아이들이 흠칫 놀랐어.

“넌 참 뻔뻔하구나. 우리 반에서 선생님을 가장 괴롭히고 속상하게 만든 게 누군데?”

소정이는 전혀 주눅 들지 않았어.

그 말을 들은 강욱이의 눈빛이 확 돌변했어.

"에이, 씨! 그래서 어쩌라고?"

강욱이는 차마 소정이를 때리진 못했어. 그 대신 자기 책상이랑 의자한테 화를 내기 시작했어. 책상을 번쩍 들어 올리더니 교탁 앞으로 휙 던져 버렸어.

콰앙!

아이들이 놀라서 사방으로 콩알처럼 흩어졌어.

"우와아!"

"엄마야!"

그러더니 의자도 번쩍 들어서 또 교탁 앞으로 던져 버렸어.

바로 그때였어. 앞문이 드르륵 열린 것은.

아무런 예고도 없이 하필이면 교감 선생님이 나타나신 거야.

"아이쿠, 교실 안이 왜 이리 난장판이야?"

내동댕이쳐진 책상과 의자를 본 교감 선생님의 눈이 휘둥그레지셨어.

"얼른 책상이랑 의자 똑바로 놓고!"

교감 선생님의 말씀이 떨어지자마자, 선우가 앞으로 달려나갔어. 소정이도 함께 책상이랑 의자를 강욱이 자리로 옮겨 놓았어. 정작 사고를 친 강욱이는 거친 숨을 쌕쌕 몰아쉬며 꼼짝도 하지 않았어.

"이거, 네 책상이랑 의자 맞니?"

교감 선생님이 물어 보셨어.

"네."

강욱이가 퉁명스럽게 대답했어.

"근데 책상이랑 의자를 왜 교탁 앞으로 던졌어? 누구랑 싸운 거야?"

교감 선생님이 엄하게 물어 보셨어.

강욱이는 입을 꾹 다물고 있고, 소정이가 말을 할까 말까 망설이는 눈치였어. 참 난처하고 애매한 순간이야.

바로 이때였어. 갑자기 쩌렁쩌렁한 목소리가 들려왔어.

"교감 선생님, 제 소개는 언제 시켜 주실 겁니까?"

"아이고, 내 정신 좀 봐. 선생님, 어서 들어오세요."

알고 보니 교감 선생님이 새 담임 선생님과 같이 오신 거였어.

"우와!"

솔찬이랑 아이들은 동시에 입이 떡 벌어졌어.

'설마 우리 선생님이라고?'

새 담임 선생님은 그 동안 한 번도 만나보지 못한 캐릭터였어, 마치 세계 올림픽 대회 에 나가는 여자 역도 선수처럼 생기신 분이야. 키도 남자인 교감 선생님보다 훨씬 크고 어깨가 딱 벌어져서 여자 장군 같았어. 긴 머리는 상투처럼 틀어서 위로 솟아오르게 질끈 묶었고 생활한복을 입고 계셨어.

"앞으로 여러분을 가르쳐 주실 새 담임 선생님이십니다."

교감 선생님은 새 담임 선생님이 재주가 많고 운동도 잘 하시는 분이라고 소개해 주셨어. 그리고는 급한 일이 있다고 금방 나가셨어.

교실엔 새 선생님과 아이들만 남게 되었어. 아이들은 새 선생님의 남다른 모습에 기가 눌려 다들 조용해졌어.

"여러분, 내 이름은 정다정이라고 해요."

꼭 마이크에 대고 말하는 것처럼 선생님의 목소리는 우렁찼어.

"난 원래 연극을 아주 좋아했어요. 그래서 배우를 한 적도 있어요. 무대에 올라가 공연을 하는 일이 행복했거든요. 한때는 선생님이 될까, 연극배우가 될까 진지하게 고민하기도 했답니다. 하지만 우리 어린이들을 만나는 일이 훨씬 더 행복하게 느껴져서 이렇게 선생님이 되어 여러분을 만나러 온 거예요. 오늘 여러분의 환영을 이렇게 요란하게 받게 될지는 몰랐지만, 아무튼 반가워요."

정다정 선생님이 배시시 웃자, 천진난만한 아기처럼 인상이 싹 변했어.

역도선수 같은

정다정 선생님

'무섭게 생기셨는데, 웃으니까 참 귀여우시다!'

솔찬이는 새 선생님한테 흥미가 생겼어.

근데 강욱이랑 호준이가 뒷자리에서 떠드는 소리가 들려왔어.

"야, 저 선생님 뻥치는 거 아냐?"

"하나도 배우처럼 안 생겼는데……."

심지어 여자애들도 속닥거렸어.

"옷도 할머니들이 입는 그런 옷을 입었어."

"저렇게 화장도 안 하고 뚱뚱한 여자 선생님은 처음 봐."

솔찬이는 선생님이 들을까 봐 가슴이 조마조마했어. 아이들의 냉랭한 분위기를 선생님이 감지하면 어떻게 하나 싶어서 말이야. 솔찬이는 당황해서 선생님의 눈치를 보았어. 솔찬이의 눈과 정다정 선생님의 눈이 딱 마주쳐 버렸어.

'헉!'

선생님은 한쪽 눈을 찡긋 하며 생긋 웃어 주었어. 솔찬이를 향해 마치 괜찮다는 듯이 말이야.

‘선생님이 꼭 내 마음을 아시는 것 같아!’

선생님의 말씀이 끝나자, 소정이가 벌떡 일어나 정리를 시작했어. 다른 아이들도 같이 돕기 시작했고 정다정 선생님은 부서진 책상과 의자를 한 손으로 번쩍들어 복도에 내놓으셨어.

다음 날, 강욱이랑 호준이가 따지듯이 정다정 선생님한테 물어 보았어.

“선생님, 정말 연극배우 한 거 맞아요?”

“혹시 뻥치시는 거 아니죠?”

그 모습을 본 솔찬이는 또 가슴이 두근거렸어.

‘선생님이 화내시면 어떡하지?’

근데 선생님은 조금도 화를 내지 않고 오히려 호탕하게 껄껄 웃으셨어.

“하하하! 그럼, 내가 뭘 했을 것 같은데?”

호준이가 기다렸다는 듯이 말했어.

“솔직히 말해도 돼요? 과거에 개그우먼 시험 봤다 뚝 떨어지셨을 것 같아요.”

그 말을 들은 아이들이 다 까르르 웃었어.

"아하하하하!"

솔찬이도 웃음이 툭 튀어나왔어. 그러고 보니 정다정 선생님과 아주 닮은 여자 개그맨이 떠올랐던 거야. 남자랑 팔씨름을 해도 이기고 힘이 아주 세기로 유명한 이용자란 개그우먼이랑 쌍둥이처럼 닮았어.

"우하하하."

솔찬이는 웃다 말고 가슴이 뜨끔했어.

'이키!'

선생님도 다행히 아이들과 같이 웃고 계셨어.

"개그우먼 시험을 본 적은 없어요. 그래도 개그우먼이 아주 멋진 직업이라고 생각해요. 사람들을 즐겁게 해 주고 웃음이 빵 터지게 하는 건 큰 재주니까! 방금 개그우먼처럼 재미있는 말을 해서 우리 반 모두를 웃게 만든 친구의 이름은 뭐지요?"

"남호준인데요."

뜻밖의 칭찬을 들은 호준이는 어리둥절했어.

"사람은 많이 웃어야 건강해져요. 몸을 흔들며 막 즐겁게 웃을 때 장운동이 활발해지거든요. 그럼 장운동이 활발해져서 소화가 잘 되니까 피부가 더 좋아져요. 피부가 좋아지면 당연히 얼굴도 예뻐지겠지요!"

솔찬이는 처음 알았어. 사람의 웃음이 그렇게 좋은 건지를.

"호준이는 사람들을 웃게 만드는 말재주를 타고났구나!"

선생님의 말씀에 호준이는 좋아서 얼굴이 발갛게 물들었어.

'깡철이 꼬리처럼 따라다니는 호준이가 칭찬을 다 듣네!'

솔찬이는 선생님이 화내지 않고 호준이를 칭찬해서 속으로 놀랐어. 깡철이랑 친한 호준이도 '요괴' 같은 데가 있어 보였거든. 호준이는 '맞으면 맞을수록 점점 커지는 조마구'란 요괴랑 닮아 보였어. 원래 조그맣고 새까만 몸집인 '조마구'는 사람들한테 맞으면 맞을수록 점점 커졌는데, 호준이도 그런 것처럼 보였어.

"야, 나대지 마라. 남호준!"

강욱이가 가끔 호준이를 주먹으로 툭툭 때리는 걸 보았어. 호준이가 강욱이보다 발표를 잘하거나 뭔가를 더 잘하면 강욱이는 호준이를 장난처럼 툭툭 때렸거든. 근데 그때마다 호준이는 마음에 없는 너털웃음을 웃으며 꾹 참는 게 보였으니까. 오히려 아무렇지 않은 척 태연하려고 애쓰는 게 보였어. 입은 웃고 있었지만 눈은 화가 나 있는 걸 보면서 속으로 생각했어.

'피부도 까무잡잡하고 키도 작은 호준이는 조마구 같다!'

요괴랑 제일 친한 친구도 역시 요괴처럼 보였거든.

이윽고 선생님은 팔짱을 끼더니 이렇게 말씀하셨어.

"내가 한때 배우를 했다는 걸 여러분이 의심하고 있네요. 그렇다면 멋진 도전으로 받아들이겠어요. 앞으로 국어 시간과 창체 시간에 연극놀이를 하겠어요. 또 체육 시간에도 선생님이 배우 훈련 받을 때 받았던 다양한 달리기를 해볼 참이에요."

정다정 선생님은 유쾌한 표정으로 말씀하셨어.

"내가 배우였다고 뻥을 친 건지, 정말 배우를 했는지 궁금하지 않아요? 앞으로 우리 반은 연극 놀이를 하며 즐겁고 신나게 공부합시다!"

이름 : 남호준
닮은 요괴: 조마구
남호준도 언젠가 조마구처럼
점점 커지지 않을까?
남호준은 변강욱에게 복수할까
니면 친구니까 봐줄까?
요괴노트

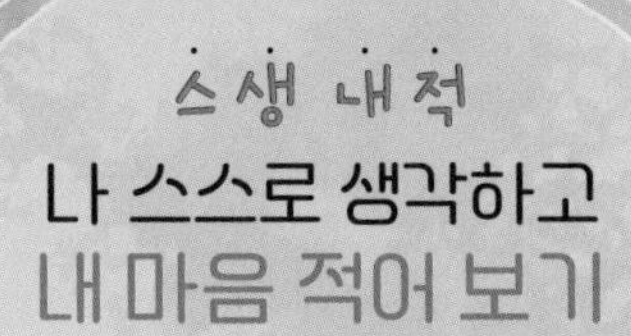

스생 내적

나 스스로 생각하고 내 마음 적어 보기

학년이 바뀌어 선생님을 새로 만나거나, 선생님이 바뀌었을 때, 먼저 다가가서 인사드린 적이 있나요? 없다면 왜 그랬을까요? 내 마음의 소리를 얘기해 봐요.

우리 반에도 '요괴'처럼 다른 친구들을 괴롭히거나 남의 마음은 아랑곳하지 않는 친구가 있나요?

과자 먹기
게임

다음 날이야. 선생님이 쉬는 시간에 아이들을 보고 게임을 하자고 하셨어.

선생님은 경기도에 있는 전원주택에서 부모님이랑 같이 사신다고 했어. 집에 큰 화덕이 있어서 자주 쿠키를 구워 먹는 게 즐거움이라고 하셨어.

"오늘은 우리 반 친구들한테 주려고 선생님이 집에서 많이 구워 왔어요. 근데 아주 맛있는 초코 칩 쿠키를 그냥 먹으면 재미가 없지요. 자, 게임을 해 봅시다."

"와아!"

"게임이요?"

마침 급식 시간 전이라 배가 고팠던 아이들이 탄성을 질렀어. 선생님이 가져온 과자는 손바닥만 하고 아주 먹음직스럽게 생겼어.

체육실에 간 아이들은 '과자 먹기 게임'을 하게 되었어. 같은 모둠끼리 빨리 달리기를 해서 1등으로 도착한 사람만 초코 칩 과자를 먹을 수 있었어.

선생님이 노란 손수건을 흔들면 아이들이 달리기 시합을

하듯이 막 뛰어가는 거야. 오직 제일 먼저 도착한 한 사람만 선생님의 맛있는 초코 칩 쿠키를 먹을 수 있었어.

솔찬이네 반에는 네 모둠이 있었는데, 같은 모둠인 아이들이 경쟁을 하게 되었어.

"아, 망했어!"

태권도 검은 띠라고 늘 뽐내던 강욱이도 1등을 놓쳐서 쿠키를 못 먹었어. 선우랑 소정이도, 민준이도 역시 마찬가지였어. 1등을 못하면 무조건 먹지 못하니까 어찌 보면 가혹한 게임이었어.

솔찬이네 모둠이 마지막 차례였어. 솔찬이와 아이들은 전력질주로 막 달려갔어.

"문아름, 1등!"

선생님이 큰소리로 외치는 소리에 솔찬이는 눈이 휘둥그레졌어.

'문아름이 1등이라고?'

늘 마스크를 쓰고 다니고 앞머리를 커튼처럼 내리고 다니는 문 아름이 1등을 한 거였어. 천식이 있다며, 급식 시간에도 밥을 한 입 먹고 나서 다시 마스크를 쓰는 별난 아이였거든. 그래서 문아름의 코랑 입이 어떻게 생겼는지 아이들이 잘 몰라.

"우후훗."

문아름이 마스크를 썼지만 웃고 있는 게 느껴졌어. 오른손에 초코 칩 쿠키를 들고 말이야.

'천식 있는 거 맞아?'

아깝게 2등을 한 솔찬이는 문아름을 곁눈질로 쳐다보았어.

1등으로 과자를 먹게 된 아이들만 싱글벙글 웃으며 과자를 들고 있었어. 대부분의 아이들은 숨을 헉헉 몰아쉬며 김빠진 표정을 지었어.

"어휴, 재미 하나도 없어요!"

강욱이가 볼멘소리를 했어.

"맞아요. 딱 한 사람만 좋아하는 거잖아요."

호준이가 맞장구를 쳤어.

"여러분은 그렇게 생각하는군요."

선생님은 그럴 줄 알았다는 듯이 빙긋이 웃으셨어.

"자, 그럼 이번에는 다른 버전으로 '과자 먹기 게임'을 해

봅시다. 이건 인디언 아이들이 하는 방법이에요."

"인디언 아이들이 하는 방법은 또 뭐예요?"

아이들이 궁금해서 물어 보았어.

"이제부터 배우게 될 거예요."

선생님이 알려 주는 게임 방법은 참 희한했어. 좀 전에는 같은 모둠 아이들이 서로 이기려고 경쟁을 했다면, 이번에는 달랐어. 같은 모둠 아이들이 나란히 손을 잡고 같이 뛰어와서 동시에 도착하는 거였어.

"같은 걸음으로 같이 도착하는 연습을 해봐요. 속도를 함께 맞추는 거예요."

솔찬이랑 아름이는 같은 모둠이 되어 같이 손을 잡고 뛰어가는 연습을 했어.

강욱이랑 선우도, 소정이랑 민준이도 다 같이 손을 잡고 뛰어가는 연습을 해야 했어. 서로 머쓱하지만 함께 속도를 맞추어 달려야 이기는 게임이었거든.

"그럼, 시작!"

다 같이 손을 잡고 뛰어가서 도착하는 게임은 처음이었어.

“다 같이 도착한 모둠은 모두 과자를 먹을 수 있어요!”

정말로 4개의 모둠 아이들이 다 같이 초코 칩 쿠키를 먹을 수 있게 되었어.

“맛있다!”

“엄청 부드럽네.”

아이들은 싱글벙글 웃으며 같이 쿠키를 먹었어. 아무도 못 먹어서 얼굴을 찡그리는 아이가 없었어.

“여러분, 방금 두 가지 버전으로 과자 먹기 게임을 해 보았잖아요. 어떤 버전이 더 좋았어요?”

선생님이 물어 보셨어.

소정이가 손을 번쩍 들고 시원하게 대답했어.

“선생님, 인디언 아이들 버전이 훨씬 좋아요!”

다른 아이들도 맞장구를 쳤어.

“다 같이 먹으니까 더 맛있어요.”

“못 먹는 사람이 없으니까 마음이 편해요.”

아이들이 쿠키를 아삭아삭 먹는 모습을 보던 선생님은 흐뭇하게 웃으셨어.

"인디언 아이들이 하는 게임은 경쟁이 아니라 협력을 하는 거였어요. 다 같이 힘을 합해야 같이 먹을 수 있는 거지요."

선생님의 말을 듣는 순간, 솔찬이는 머리를 한 대 꽝 맞은 것 같았어.

'경쟁이 아니라 협력을 해서 다 같이 먹었구나!'

한 번도 생각해보지 못한 거였어.

"우리가 더 많은 쿠키를 먹을 수 있는 방법은 경쟁이 아니에요. 다 같이 마음을 모은 협력이라는 사실을 기억해 주세요!"

그러고 나서 선생님은 4학년 2반의 급훈을 '경쟁보다 더 멋진 협력'이라고 정해 주셨어.

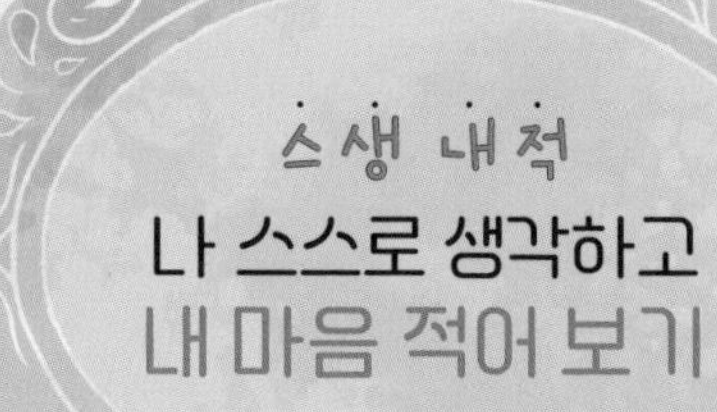

스생 내적

나 스스로 생각하고 내 마음 적어 보기

협력하여 결과가 더 좋았던 적이 있나요? 그때의 마음을 표현해 보아요.

다른 사람들과 경쟁을 해야 할 때 어떤 마음이 들었나요? 나보다 잘 하는 사람이 등장했을 때 진심으로 칭찬해 준 적이 있나요?

달리기
4종 세트

'원수는 외나무다리에서 만난다더니!'

솔찬이는 기겁을 했어. 새로 모둠을 정하면서 깡철이 강욱이랑 같은 모둠이 된 거야. 게다가 강욱이의 꼬리인 '조마구' 호준이도 역시 따라왔어. 그래도 강욱이한테 용감하게 나서는 소정이가 같은 모둠이 된 건 반가웠어.

늘 마스크를 쓰며 신비주의를 고집하는 문아름도 우리의 모둠 '가을'을 좋아할 줄이야!

"좋아하는 계절이 같은 사람들끼리 한 모둠이 되는 거예요!"

선생님이 그렇게 정해 주시는 바람에 이 아이들과 엮인 거야.

"야, 하필이면 너도 가을을 좋아하냐?"

강욱이가 못마땅한 듯이 솔찬이를 하얗게 흘겨보았어.

"피구 대장이랑 같은 모둠이면 좋지, 뭐."

호준이가 솔찬이를 보며 빙그레 웃었어.

"누가 대장이래? 이게 잘해 주니까 돌았나?"

갑자기 강욱이가 호준이의 등을 주먹으로 쾅 내리쳤어.

"아얏!"

호준이는 아무 대꾸도 하지 못했어.

'너무 아프겠다!'

이미 강욱이의 뜨거운 한 방을 맛본 솔찬이는 호준이가 좀 불쌍해졌어. 게다가 솔찬이를 '피구 대장'이라고 불러 주었잖아.

이 모습을 가만히 지켜볼 소정이가 아니었어.

"야, 변강욱. 넌 친하다면서 친구를 걸핏하면 때리고. 그게 무슨 친구냐?"

소정이가 톡 쏘아붙였어.

"헐! 유소정이 호준이 편을 드네. 너, 호준이 좋아하냐?"

"너, 진짜 왜 그래? 내 말의 핵심은 그게 아니잖아."

소정이가 당당하게 맞받아쳤어.

"그냥 친구끼리 장난한 거야. 나, 난 괜, 괜찮아."

오히려 호준이가 당황해서 얼버무렸어.

"거봐, 호준이가 괜찮다는 데 왜 오버하고 난리야."

강욱이는 의기양양해졌어. 입술을 삐죽거리는 표정까지

참 미웠어.

'저 모습을 얼른 만화로 그려 놓아야지!'

솔찬이는 깡철이처럼 생긴 강욱이가 조마구처럼 생긴 호준이를 때리는 장면을 만화로 그리기 시작했어. 말풍선도 달아서 말이야. 깡철이의 부리부리한 부엉이 같은 눈을 우스꽝스럽게 그리다 피식 웃음이 나왔어.

'동찬 형 말이 맞았어. 사이다를 마신 느낌이야!'

체육 시간이라 체육관에 모이게 되었어. 근데 또 신기한 달리기를 하게 되었어. 1등과 꼴찌를 가리지 않는 달리기였어. 이른바 '달리기 4종 세트'라고 불리는 거였는데, 정다정 선생님이 배우 훈련을 받을 때 배웠던 거라고 하셨어.

맨 처음에 갈 때엔 그냥 전력질주로 뛰어가는 거야. 그러다 돌아올 때엔 옆으로 '발레 하듯' 뛰어서 돌아와야 해. 그 다음에 다시 뛰어갈 때엔 몸을 가위처럼 쩍쩍 벌리며 '가위 뛰기'로 가는 거야. 다시 돌아올 때엔 두 손을 앞으로 뻗치고 뒤로 콩콩 뛰어오는 '좀비 뛰기'로 돌아오면 끝나는 거야.

"자, 여러분! 달리기 4종 세트는 1등과 2등을 가리지 않아요. 그 대신에 누구 한 사람도 빠지지 않고 다 해야 끝나는 게임이에요."

봄을 좋아하는 '봄' 모둠 아이들은 달리기 4종 세트를 하면서 웃느라고 뛰지를 못했어. 가위 뛰기를 하면서 동작이 어설프고 다 웃겼던 거야.

여름을 좋아하는 '여름' 모둠 아이들은 '좀비 뛰기'가 무서운지 멈출 때가 많았어. 자꾸 뒤를 돌아보느라 천천히 들어왔어.

"겁먹지 말아요. 마룻바닥이라 다치지 않아요."

선생님이 천천히 해도 된다고 하셨어.

이제 솔찬이네 '가을' 모둠 차례야. 솔찬이는 쑥스러워서 옆으로 발레리나 뛰기를 할 때엔 가만히 서 있었어. 그러자 소정이가 다가와 작은 소리로 말했어.

"우리 다 같이 해야 되는 거 알지? 나를 따라서 해 봐."

솔찬이는 소정이가 하는 동작을 따라 옆으로 뛰어 갔어. 어설픈 동작이지만 소정이가 눈으로 격려하듯이 바라보는 바람에 따라 갔어.

근데 솔찬이는 뛰다가 눈이 번쩍 떠졌어.

마스크를 쓴 문아름이 놀랍게도 '발레 하듯 뛰기'를 엄청 잘하는 거야. 그것도 우아한 동작으로 말이야.

"우와, 진짜 발레리나 같다!"

"문아름 잘한다!"

소정이가 큰소리로 응원을 했어. 그러자 문아름이 너무 덥고 답답했는지 마스크를 확 벗어 던져 버리잖아.

"문아름이 마스크를 벗었다!"

이건 대박 사건이었어. 아이들이 다들 눈이 휘둥그레져서 문아름을 쳐다보았어.

"아름아, 마스크를 벗으니까 훨씬 귀엽다!"

소정이가 큰소리로 말했어. 그러자 문아름이 배시시 웃었어. 그러더니 체육 시간이 끝날 때까지 마스크를 쓰지 않고 있었어.

또 강욱이는 '가위 뛰기'를 아주 멋지게 해냈어. 태권도 동작을 하듯이 팔과 다리를 쭉쭉 잘 뻗어서 시원하게 잘 뛰어갔어.

"변강욱, 역시 잘하네! 검은 띠라서 다르구나."

솔찬이는 자기도 모르게 칭찬이 나왔어. 혼잣말처럼 했는데도 강욱이가 들었는지 피식 웃었어.

가장 어렵고 겁나는 게 '좀비 뛰기'였어. 앞으로 두 손을 뻗고 뒤로 뛰어 가는 거라서, 아이들은 살짝 긴장을 했어. 근데 역시 마스크를 벗은 문아름이 진짜 좀비처럼 뒤로 콩콩 잘 뛰어가는 거야. 강욱이랑 호준이도 킥킥 웃으며 잘 뛰어갔어.

"아악!"

소정이가 '좀비 뛰기'를 하다가 엉덩방아를 쿵 찧었어. 솔찬이랑 아이들은 넘어지는 소정이를 보고 웃지 않으려고 입을 꾹 다물었어. 그러다 눈이 마주쳐서 웃음이 빵 터졌지 뭐야. 그런데, 소정이까지 까르르 웃음을 터뜨려서 다들 마음 놓고 낄낄 웃었어.

솔찬이도 웃다가 긴장이 풀려서 넘어질 뻔했어.

"아, 땀이 벌벌 난다!"

"이렇게 달리기가 웃긴 적은 처음이야!"

아이들이 이마에 맺힌 땀을 닦으면서 다들 환하게 웃고 있었어. '가을' 모둠 아이들뿐 아니라 모두 무사히 다 들어왔어.

"여러분, 달리기 4종 세트가 많이 힘들었지요?"

선생님이 물어 보셨어.

"그래도 재미있었어요!"

반장인 김선우가 냉큼 대답했어. 원래 달리기가 빠르지 않아 계주를 하면 거의 꼴찌였던 김선우가 오늘은 초승달 눈으로 웃고 있었어.

"오늘은 꼴찌 안 했거든."

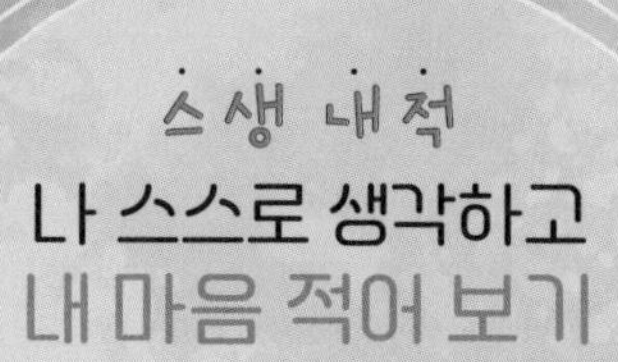

스생 내적

나 스스로 생각하고 내 마음 적어 보기

괜히 샘나고 싫어하는 친구를 다른 친구들에게 흉본 적이 있나요? 그런 적이 있다면 왜 그랬을까요? 지금은 어떤 말을 해 주고 싶나요?

나 자신을 칭찬한 적이 있나요? 오늘은 무엇을 칭찬해 볼까요?

모둠
일기

정다정 선생님은 뭐든지 혼자가 아니라 함께하는 걸 참 좋아하셨어.

"이번에 우리 반은 그냥 일기가 아니라 '모둠 일기'를 돌아가며 쓰겠어요."

그러더니 모둠마다 스프링이 달린 두툼한 공책을 한 권씩 돌리셨어. 줄 없는 공책이라 쓸 얘기가 없을 땐 만화나 그림을 그려도 된다고 하셨어.

"선생님, 모둠 일기는 어떻게 써요?"

"월요일부터 금요일까지 한 사람씩 돌아가며 쓰는 거예요. 학교에서 있었던 인상 깊은 일을 그냥 일기처럼 쓰면 돼요."

모둠 일기장은 선생님과 같은 모둠 아이들만 볼 수 있게 되어 있어. 다들 처음엔 내 마음을 들키는 것 같아 쓰기 싫고 당황스러워했어.

'왜 모둠 일기를 쓰라고 하시지?'

솔찬이는 난처하고 무얼 써야 할지 망설여졌어. 마침 순서가 금요일이라 가장 늦게 쓰게 되어 다행이었어, 그래서 다른 아이들이 쓴 것을 읽어 볼 수 있었어.

월요일, 소정이가 쓴 일기

오늘은 창체 시간에 처음으로 뒷산에 갔다. 땅에 떨어진 나뭇가지들을 모아서 글자 만들기를 했다. 내 이름도 만들어 보고, 내가 좋아하는 이름들도 만들어 보았다. 선생님도 나뭇가지로 선생님의 이름 '다정'을 만들어 보여 주시며 말씀하셨다.

"여러분, 내 이름은 우리 할아버지가 지어 주셨어요. 우리 할아버지는 다정한 마음이 세상을 더 아름답게 만들어 준다고 믿으셨답니다. 선생님도 그렇게 믿고 있어요."

내 이름 '소정'도 우리 할아버지가 지어 주신 이름인데! 선생님이랑 뭔가 통하는 것 같다. 다정한 마음을 아예 이름에 간직한 우리 선생님은 그래서 경쟁보다는 협력을 더 좋아하시나 보다.

솔찬이는 소정이의 일기를 읽으며 속으로 감탄했어.

'소정이는 선생님이 하신 말씀을 다 기억하고 있구나!'

'다정한 마음이 세상을 더 아름답게 만든다'는 이야기를 솔찬이는 한 귀로 듣고 한 귀로 흘렸던 거야.

이번에는 문아름의 일기를 읽어 보았어.

화요일, 아름이가 쓴 일기

새로 온 우리 선생님은 뒷산을 참 좋아하신다. 그래서 창체 시간마다 요새 뒷산에 가는데, 오늘 선생님이 준 미션이 너무 재미있었다. '산신령의 약 만들어 보기'였다. 옛날엔 아무리 작은 산이라도 산마다 산신령이 있다고 믿었다고 한다.

산신령은 산을 지키고, 산에 사는 동물들과 나무들을 돌봐주는 신비로운 존재라고 한다. 그 이야기를 듣자마자, 뭔가 상상만으로도 가슴이 두근두근했다.

나는 떨어진 나뭇잎들을 돌로 빻아서 상상의 약을 만들어 보았다. 난 산신령이 아니라 마녀가 된 기분이었다. 뒷산에 사는 다람쥐나 박새나 청설모나 까마귀들에게 좋은 약을 상상하며 만들어 보았다.

소정이랑 같이 만들면서 자꾸 웃음이 킥킥 나왔다. 마스크를 벗은 내 얼굴이 훨씬 귀엽다고 소정이가 자꾸 말해 줘서 용기가 났다. 마스크를 벗고 산신령의 약을 만들었다.

마스크를 벗으니 공기가 참 달고 시원했다. 산이라서 그런가?

'아름이는 왜 마스크로 얼굴을 가렸던 건가? 혹시 얼굴에 자신이 없었나?'

솔찬이는 고개를 갸우뚱했어.

아무튼 소정이랑 부쩍 친해진 아름이는 예전보다 훨씬 밝아 보였어.

솔찬이는 이번엔 '조마구' 같은 호준이의 일기를 읽어 보았어.

수요일,
호준이가 쓴 일기

선생님이 학교에서 있었던 인상 깊은 일을 모둠 일기에 쓰라고 하셨다. 근데 나도 소정이랑 아름이처럼 뒷산 체험을 한 일을 모둠 일기에 쓰겠다. 난 약수터 옆에 있는 '황토 길'을 맨발로 밟아 보기를 할 때 처음엔 짜증이 났다.

'아니, 할머니들이나 하는 걸 왜 우리더러 하라고 하시지?'

우리 선생님이 참 괴짜라고 생각했다. 그래도 모둠이 다 같이 해야 한다고 하셔서 어쩔 수 없이 맨발로 황토 길을 밟게 되었다. 강욱이도 눈썹이 갈매기가 되어 인상을 잔뜩 찌푸리고 있고, 솔찬이도 눈을 껌벅거리며 발을 내딛는 걸 싫어하는 게 보였다.

'나만 싫어하는 게 아니네!'

살짝 안심이 되면서 기분이 나아졌다. 근데 걷다 보니 '우와' 하고 탄성이 나왔다. 흙이 내가 생각했던 더럽고 이상한 흙이 아니었다. 아주 부드럽고 내 발가락들을 포근한 이불처럼 감싸는 거였다. 그러고 보니 흙에서 꽃이 피고 나무가 자라는데, 왜 흙을 더럽다고 생각했는지 모르겠다.

나만 아니라 강욱이랑 솔찬이도 구겨졌던 얼굴이 확 펴졌다. 강욱이가 먼저 흙을 손으로 뭉쳐서 내 얼굴에 막 발라 주었다. 황토 비누라고 피부에 좋다면서. 나도 흙을 뭉쳐서 솔찬이의 팔에 발라 주었다. 황토 로션이라고 말하면서 흉내를 냈다. 그러자 솔찬이도 킥킥 웃었다. 어느새 솔찬이랑 나는 낄낄거리며 선생님 몰래 흙장난을 했다. 아참! 여기에 썼으니 이제 선생님도 알게 되겠네. 선생님 죄송합니다. 꾸벅! 하하.

솔찬이는 그렇게 그때 황토 길에서 호준이랑 친해진 것 같았어. 캄캄한 밤길에 가로등이 켜진 것처럼 그렇게 마음이 환해진 느낌이었어.

다음으로 강욱이의 일기를 읽게 되었는데 너무 의외였어.

목요일, 강욱이가 쓴 일기

나도 아이들처럼 창체 시간에 있었던 일을 쓰겠다. 선생님과 우리 반 아이들이 학교 뒤에 있는 뒷산 탐험을 하러 갔다.

"가장 먼저 할 일은 '내 나무 찾기'예요. 내 마음에 드는 나무를 찾아보세요."

선생님의 말씀을 듣고, 난 세상에 태어나 처음으로 내 나무라는 걸 찾게 되었다.

우리 모둠 아이들은 뿔뿔이 흩어져서 이 나무, 저 나무를 구경하느라 바빴다. 나는 거들떠보지도 않던 나무들을 살펴보고 다녔다. 그러다 아주 튼튼하게 생긴 나무와 그 옆에 있는 귀여운 꼬마 나무를 발견했다. 둘이 같이 있어서 눈에 띄었다.

"선생님, 이 나무 이름이 뭐예요?"

이름을 몰라서 선생님한테 물어 보았다.

"굴참나무야. 강욱이가 멋진 나무를 찾았구나!"

나는 또 물어 보았다.

"선생님, 강아지 나무도 정해도 되나요?"

"멋진 생각인데! 집에서 강아지를 키우고 있어?"

"우리 집 강아지는 아닌데요. 아랫집에 사는 할머니네 강아지 '자두'한테 이 나무를 주고 싶어서요."

선생님이 내 머리를 쓰다듬어 주시며 빙그레 웃으셨다.

"강욱이는 참 다정하구나! 자두는 강욱이가 곁에 살아서 참 좋겠다! 자두도 나중에 데리고 와서 자두의 나무를 꼭 보여 주렴."

선생님이 머리를 쓰다듬어 주니까 좀 부끄러웠다. 그래도 기분은 좋았다.

우리 집 아래층에 사시는 할머니는 다리가 많이 아프시다. 그래서 강아지 자두를 산책을 시키고 싶어도 못한다고 슬퍼하신다. 내가 가끔 자두를 집 앞 공원에 데리고 가서 산책을 시켜 주니까 엄청 고맙다고 하셨다.

할머니 허락을 받고 자두를 데리고 뒷산에 올 생각을 하니 가슴이 두근두근 설레었다. 꼭 자두에게 '자두의 나무'를 보여 주어야지!

강욱이가 쓴 일기를 보던 솔찬이는 깜짝 놀랐어.

'어, 어! 자두는 우리 할머니가 키우는 강아지 이름인데!'

혹시 자두가 갈색 푸들인지 강욱이한테 당장 물어 보고 싶었어. 하지만 입술을 꽉 깨물었어. 아직도 강욱이랑 서먹서먹하기 때문이다. 또 무슨 말을 하다 별안간 울컥해서 깡철이로 돌변할지 알 수가 없으니까 말이다.

그날 솔찬이는 할머니 댁에 찾아갔어. 솔찬이네 집에서 뜨거운 냄비를 들고 가도 식지 않는 가까운 거리에 할머니가 살고 계시거든.

"망, 망, 망!"

자두가 꼬리를 프로펠러처럼 돌리며 반가워했어.

"할머니, 혹시 위층에 남자애 한 명 살고 있어요?"

솔찬이가 묻자, 할머니의 두 눈이 동그래지셨어.

"솔찬이가 그걸 어떻게 아니? 아주 착한 아이가 한 명 살고 있는데 말이다."

"네에?"

이번에는 솔찬이가 눈이 왕사탕만 해졌어.

"이름이 강욱이란 아이인데, 내가 다리가 아프다고 우리 자두 산책을 가끔 시켜 준단다. 얼마나 고마운지!"

"죄송해요, 할머니. 제가 산책 시켜 주었어야 했는데……."

그동안 강아지 자두를 산책시켜 줄 생각은 한 번도 해 보지 못했어.

"괜찮다, 괜찮아."

"근데 그 아이 이름이 강욱이 맞아요? 정말 착한 아이 맞아요?"

솔찬이가 연거푸 물어보자, 할머니는 전혀 몰랐던 이야기를 들려주셨어.

"원래는 밤마다 위층에서 아이가 흐느껴 우는 소리가 들려왔었어. 남자 어른이 막 혼내는 소리도 들려오고. 그러다 어느 날은 그 아이가 아빠한테 쫓겨나서 우리 집 계단에 서 있더라고. 씩씩하게 생긴 아이가 펑펑 울고 있는 걸 보니 내 마음이 너무 아프고 짠하더라고, 우리 솔찬이랑 비슷한 나이 같은데 말이야. 그래서 이 할미가 우리 집에 데려와 쉬다 가게 한 적이 있단다. 그때 우리 자두랑 친해진 거야.

그런데, 알고 보니 강욱이는 아빠한테 자주 야단을 맞고 집에서 쫓겨나는 아이였어. 강욱이 엄마는 강욱이 아빠의 뜻을 꺾지 못해 언제나 꾹 참다가 우울증에 걸리셨다나.

강욱이가 우리 자두를 참 좋아하더라. 강아지를 키우고 싶어도 아빠가 싫어한대. 지난번엔 엄마를 기쁘게 해 주고 싶어서 반장 선거에 나갔는데 뚝 떨어져 속상해하더구나."

할머니가 알고 있는 강욱이는 다른 세상에 사는 아이 같았어.

쓰레기
버리지 마시
행복동 부녀회

의류수거함
주차금지
12가

"엄마를 기쁘게 해 주려고 반장 선거에 나갔다고요?"

"강욱이 엄마가 거의 웃는 일이 없으니까. 근데 강욱이가 상을 받거나 1등을 하면 엄마가 활짝 웃으며 기뻐한다고 그러더라."

'아무리 엄마를 기쁘게 해 주고 싶어도 그렇지.'

솔찬이는 할머니가 강욱이한테 속고 있다고 생각했어.

"할머니, 그 아이 말이에요. 나랑 같은 반인데 맨날 화내고 하나도 착하지 않아요. 가만히 있는 나를 때린 적도 있어요."

그 말을 들은 할머니는 깜짝 놀라셨어.

"정말? 아이고, 우리 솔찬이가 무척 속상했겠다!"

할머니는 솔찬이의 등을 토닥토닥 두드려 주셨어.

"근데 솔찬아, 할미가 보기에 강욱이는 참 안쓰러워! 무서운 아빠를 만나서 자주 혼나면서 매도 맞는 것 같더라고. 엄마는 늘 힘없이 슬픈 얼굴로 다니는 것 같고."

그러고 보니 강욱이에 대해 별로 아는 게 없다는 걸 그때 깨달았어.

"겉으로만 센 척하는 거야. 속마음은 여리고 나쁜 아이가 아니란다."

할머니 말씀을 들으니 생각나는 '요괴'가 있었어. 때리고 공격하면 공격할수록 점점 커지는 '조마구'란 요괴 말이야. 강욱이를 졸졸 따라다니는 호준이가 '조마구'인 줄 알았는데 호준이가 아니었어. 바로 강욱이가 '조마구'였어.

"할머니, 우리나라 요괴 중에서요. 맞으면 맞을수록 점점 커지는 '조마구'란 요괴가 있거든요. 강욱이가 아빠한테 맞으면서 점점 '조마구'가 되었나 봐요. 그래서 아이들을 괴롭혔나 봐요."

할머니는 솔찬이의 머리를 쓰다듬어 주면서 말씀하셨어.

"클 때는 누구나 실수도 하고 잘못도 저지르면서 큰단다. 우리 솔찬이가 이 할미 손자인 걸 알면 강욱이도 잘해줄 텐데!"

그날 저녁에 솔찬이는 집에 돌아와 모둠 일기를 만화로 그렸어. 선생님이 만화로 그려도 된다고 하셨거든. '뒷산 체험'을 하는 아이들의 모습을 한 컷씩 정성들여 그렸어. 소정이가 나뭇가지로 자기 이름을 만드는 모습, 아름이가 소정이랑 '산신령의 약'을 만드는 모습, 호준이랑 솔찬이랑 황토흙길에서 장난을 치는 모습, 강욱이가 할머니네 강아지 자두의 나무를 발견하고 껴안아 주는 모습까지 다 그렸어. 또 솔찬이는 뒷산 체험 중에 가장 재미있고 좋았던 게 청설모를 만난 거였어. 잣나무 위를 쪼르르 올라가는 청설모를 보니 다람쥐와 구름 이야기가 떠올랐어. 뒷산에서 올려다본 하늘이 구름 한 점 없이 파랗고 깨끗해서 참 좋았거든.

'구름이 없는 날에 다람쥐는 겨울 식량을 어디에 감추었을까?'

문득 궁금해질 정도였어.

솔찬이가 그린 만화 일기를 본 아이들과 선생님은 정말 재미있어 했어. 특히 처음으로 강욱이가 솔찬이를 인정해 주었지 뭐야.

"나솔찬. 어떻게 알았어? 내 강아지 나무 진짜같이 잘 그렸잖아!"

솔찬이는 강욱이의 무뚝뚝한 칭찬에 살짝 감동을 했어.

칭찬해 우리반

'나를 아주 싫어하진 않는구나!'

솔찬이는 '모둠 일기'를 읽고 또 쓰면서 깨달았어. 모두가 다 같이 뒷산 체험을 했어도, 아이들마다 기억하고 좋아하는 건 다 다르다는 걸 말이야.

그러고 나서 며칠 뒤에 강욱이가 물어 보았어.

"나솔찬, 너희 할머니 혹시 강아지 키우셔?"

'드디어 올 것이 왔구나!'

솔찬이는 할머니한테 단단히 부탁을 받았어. 강욱이가 아빠한테 혼나고 집에서 쫓겨난 이야기나 엄마가 우울증에 걸린 일을 아무한테도 절대 말하지 말라고.

"응. 어, 어떻게 알았어?"

솔찬이는 놀라서 말을 더듬었어.

"할머니가 알려 주셨으니까 알지. 내가 요새 강아지 자두 산책을 시켜 주는 알바를 하고 있거든."

"알바를 한다고?"

그건 또 처음 듣는 이야기였어.

"강아지 산책 시키는 알바는 대학생이 하는 거 아냐?"

"벌써부터 한다고, 알바를?"

소정이랑 호준이도 관심을 보였어. 문아름도 귀를 쫑긋 하고 들었어.

"그건 말이야. 내가 먼저 한다고 한 게 아니고 자두 할머니, 그러니까 솔찬이 할머니가 나를 믿어서 시키신 거야."

강욱이가 어깨를 짝 펴면서 의젓하게 말했어.

"정말? 우리 할머니 정말 까다로우신데! 자두가 강욱이 널 진짜 따르고 좋아하나 보다."

솔찬이가 말했어. 그러자 강욱이가 빵긋 웃었어.

과연 할머니 말씀대로, 솔찬이가 할머니 손자라는 걸 알게 된 뒤로 강욱이는 더 이상 으르렁거리지 않았어.

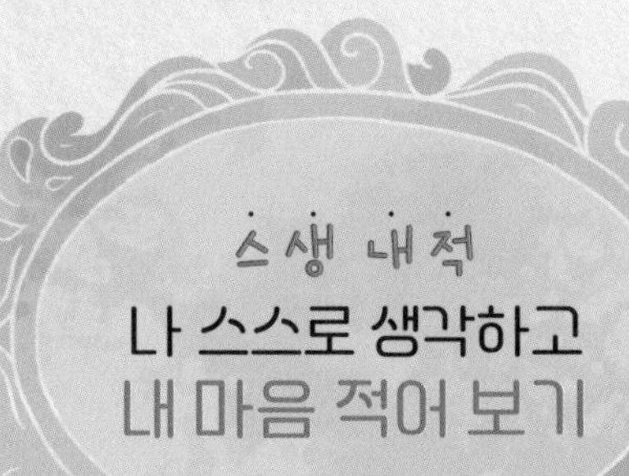

스생 내적

나 스스로 생각하고 내 마음 적어 보기

내가 아는 친구 중에 내가 보는 모습과 다른 사람들이 생각하는 모습이 다른 친구가 있나요? 있다면 어떻게 다른가요?

친구의 아주 다른 모습을 발견했을 때 어떤 마음이었나요?
이 이야기에 나오는 강욱이에게 해 주고 싶은 말이 있나요?

역할극 놀이에 풍덩!

정다정 선생님은 아이들에게 예고한 대로 국어 시간과 창체 시간에 다양한 연극 놀이 수업을 하기 시작하셨어.

그런데, '무궁화 꽃이 피었습니다' 놀이는 원래 하던 놀이와 반대로 하는 거였어.

"무궁화 꽃이 가만히 서 있으면 반칙이에요. 선생님이 뒤를 돌아보면 살아 움직이고 있어야 해요."

선생님이 아주 웃기는 게임을 시작하셨어.

"무궁화 꽃이 신나게 춤을 춥니다."

이렇게 외치고 나서 선생님이 뒤를 돌아보면, 모두가 신나게 춤을 추는 동작을 하고 있어야 해. 만약 춤을 추고 있지 않으면 게임에서 지는 거야. 지는 사람이 많은 모둠은 청소를 하기로 약속했거든.

"무궁화 꽃이 태권도를 합니다."

선생님이 큰소리로 외치고 얼른 뒤를 돌아보셨어. 그러자 강욱이랑 호준이가 신나서 태권도 동작을 하고, 다른 아이들도 그 동작을 따라 했어.

무 궁 화~

꽃이

"이번엔 다 성공했구나!"

그렇게 모두가 깔깔거리며 한마음으로 신나 본 적은 없었어.

그러다 어떤 날은 우리 고전인 〈흥부와 놀부〉를 같이 공부하고 연극으로 표현하기로 했어. 책을 천천히 읽고 나서 즉흥극을 하는 거였어.

"여러분, 내가 놀부라면 이럴 때 어떻게 할까요?"

선생님이 주는 상황은 놀부의 어린 시절 장면이었어. 마을을 가다가, 동네에서 왕따가 되어 울고 있는 아이를 보면 어떻게 하냐는 거였어.

호준이가 '가을' 모둠 대표로 나가서 놀부 역할을 하게 되었어. 선우가 울고 있는 아이의 역할을 맡아서 땅바닥에 쭈그리고 앉아 훌쩍거렸어.

"야, 우리 동네에서 꺼져 버려! 너 같이 인기 없는 아이는 우리 마을에 필요 없어."

호준이가 큰소리를 지르며 마치 모기를 쫓듯이 두 손으로 훠이훠이 저었어. 그러자 선우가 벌떡 일어나 다른 데로 가

버렸어.

선생님과 아이들이 박수를 뜨겁게 쳐 주었어.

"호준이, 발음이 정확하고 목소리가 참 좋구나!"

호준이는 그러고 보니 지난번에도 사람들을 즐겁게 해 주는 말재주를 가졌다고 선생님한테 칭찬을 들은 적이 있었어.

"자, 그럼 이번에는 흥부라면 어떻게 할까요?"

선생님이 이번에는 흥부가 되어 보라고 하셨어. 여전히 선우가 울고 있는 왕따 아이를 맡았어. 그리고 솔찬이네 '가을' 모둠에서 문아름이 흥부를 맡아 나가게 되었어.

이제 마스크를 벗어 버린 아름이는 얼굴을 파묻고 우는 시늉을 하는 선우 옆에 다가갔어. 그러고는 말없이 옆에 쭈그리고 앉아 있었어.

"……."

한동안 아무 소리도 나지 않았어. 그러자 선우가 답답했는지 얼굴을 쳐들고 아름이를 쳐다보았어. 그제야 아름이가 입을 열었어.

"내가 친구가 없어 너무 심심한데 말이야. 나랑 같이 놀래?"

아름이의 목소리는 가늘고 맑았어. 맨날 마스크를 쓰고 말을 할 때엔 목소리도 잘 들리지 않아 답답하고 알아듣기 힘들었거든.

"나랑 같이 놀자고?"

선우가 눈이 동그래져서 물었어.

"응, 우리 집에 같이 갈래?"

아름이가 말하자, 선우가 생긋 웃었어.

'좋아!"

그러자 선생님과 아이들이 박수를 크게 쳤어. 솔찬이도 힘차게 박수를 쳤어.

"정말 흥부처럼 따스하고 다정하게 잘 했어요!"

선생님이 아름이에게 칭찬을 해주자, 아름이도 함박웃음을 지었어.

"학기 말에 우리 반 모두가 참여하는 연극 공연을 해 볼까요? 모둠마다 빛깔이 다른 연극이 나올 거예요."

선생님이 새로운 미션을 주셨어. 솔찬이네 '가을' 모둠은 〈흥부와 놀부〉를 5장면으로 나누어서 연습하게 되었어. 흥부는 아름이가, 놀부는 강욱이가, 호준이는 놀부 부인을, 소정이는 제비를, 솔찬이는 흥부 부인을 맡았어. 또 사람이 많지 않아서 모둠원 모두가 또 다른 역할도 맡았어. 대본 담당은 모둠 일기를 재미있게 잘 쓰는 강욱이가, 음악 담당은 노래를 많이 하는 호준이가, 연출 담당은 리더십 있는 소정이가, 분장과 의상 담당은 아름이가, 미술 담당은 만화를 잘 그리는 솔찬이가 맡게 되었어. 연극에 어울리는 배경 그림을 그리고 커다란 박도 만들기로 했어.

"제비가 입을 까만 옷이 필요해!"

"놀부 부인이 흥부를 때리는 장면은 부엌 그림이 잘 나와야 해!"

"박이 열릴 때, 박 안에서 더 재미있는 게 나오면 좋겠다!"

아이들은 같이 의논하고 상상하면서 연극 연습을 신나게 준비해 갔어. 그러다 깨달았어.

'혼자서는 어떤 장면도 만들 수가 없구나!'

한번은 강욱이가 학교에 못 나온 적이 있었어. 그랬더니 연극 연습을 할 때 아주 불편하고 허전했어. 주인공인 놀부가 없으니 연습이 제대로 되지 않았지.

“강욱이가 없으니까 진짜 힘이 빠진다!”

강욱이랑 잘 다투는 소정이까지 말할 정도였어.

다음 날, 강욱이가 감기가 나아 학교에 나오자 ‘가을’ 모둠 아이들이 뛸 듯이 반가워했어.

“변강욱, 앞으로 또 빠지면 반칙이야!”

소정이가 화난 듯이 말하자, 강욱이는 싱긋 웃었어.

“하여튼 나만 보면 혼내고 싶어 한다니까!”

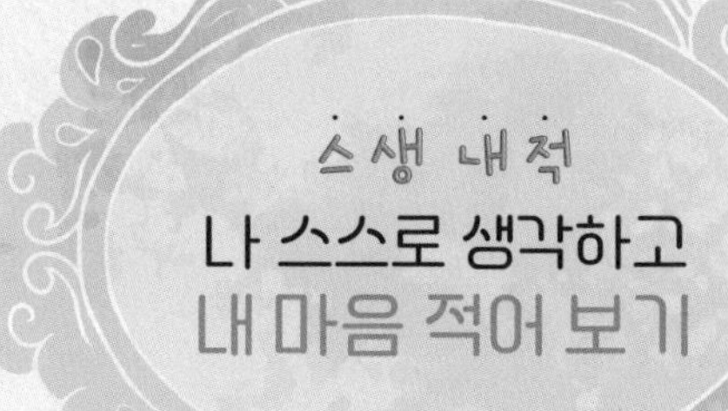

스생 내적

나 스스로 생각하고 내 마음 적어 보기

왠지 얄미운 친구가 보고 싶은 때가 있나요?
있다면 나는 그 친구를 왜 얄미워 하는 걸까요?

학교에서 했던 창체 놀이 중 기억나는 놀이가 있나요?

모두 함께해서
정말 즐거웠어!

어느새 방학이 코앞에 다가왔어. 드디어 연극 공연을 하는 날이었어.

"여러분이 같이 의논해서 장면은 얼마든지 바꾸어도 괜찮아요."

선생님이 마음껏 해 보라고 하셔서 모둠마다 연극 내용이 조금씩 달랐어.

'가을' 모둠 아이들도 새롭게 만든 장면이 있었어. 마지막 장면에서 흥부가 쫄딱 망한 놀부네 집에 찾아가는 장면 말이야.

흥부인 아름이가 놀부인 강욱이에게 말했어.

"형님, 우리 집에 가서 같이 삽시다. 아버지가 우리 형제한테 사이좋게 잘 지내라고 늘 말씀하셨잖아요."

놀부인 강욱이가 고개를 도리도리 저으면서 이렇게 말했어.

"흥부야, 난 아직 멀었어. 벌을 더 받아야 해."

놀부는 제 가슴을 탕탕탕 두드렸어. 그러고는 놀부는 부인과 자식들은 흥부한테 맡기고 혼자서 방랑을 떠난다는 이야기로 만들었어.

마지막 장면에는 강욱이가 냄비 뚜껑을 삿갓처럼 쓰고 '방랑 시인 놀부'가 되어 나타나자 선생님과 아이들이 까르르 웃음을 터뜨렸어.

강욱이는 모른 척하고 구슬픈 목소리로 이렇게 말했어.

"혼자만 잘 먹고, 혼자만 잘 놀면 뭐하나. 여러분은 나 놀부를 본받지 말고 흥부를 본받으시게나. 다 같이 잘 먹고, 다 같이 잘 놀아야 행복하답니다!"

이렇게 '가을' 모둠의 연극은 끝이 났어. 다들 박수를 아끼지 않고 쳐 주었어.

다른 모둠의 연극도 내용은 조금씩 달랐지만 다 재미있었어.

"선생님, 우리 2학기에도 또 연극 놀이 해요!"

"또 하고 싶어요!"

아이들이 선생님한테 막 졸라 댔어.

그러자 선생님은 흐뭇한 표정을 지으셨어.

"4학년 2반 여러분, 이제 내가 정말 연극배우였다는 사실을 믿죠?"

"네에!"

"완전히요!"

아이들이 입을 모아 큰소리로 대답을 했어.

어느새 반 분위기는 예전보다 훨씬 밝아지고 아이들은 학교에 오는 발걸음이 가벼워졌어. 특히 솔찬이는 이제 강욱이랑 호준이랑 서먹서먹하지 않고 훨씬 편해졌어.

오늘도 교실 문을 열고 들어가는 솔찬이는 벙실벙실 웃음이 나왔어. 마스크를 벗은 아름이와, 이제 서로 으르렁거리지 않는 소정이와 강욱이를 보면 저절로 웃음이 나왔어. 제법 친해진 호준이도 반갑게 손짓을 했어.

"솔찬아, 너 좋아하는 요괴 책 새로 나왔더라. 내가 그 책 사 왔어!"

"진짜? 얼른 보여 줘!"

호준이도 솔찬이 덕분에 우리나라 요괴에 관심이 생기게 되었어. 솔찬이의 '요괴 딱지'를 보고 요괴에 눈을 뜨게 되었거든.

근데 딱 한 가지 아쉬운 점이 있어. 솔찬이는 더 이상 '요괴 관찰 일기'를 쓰지 않게 되었어. 알고 보니 강욱이랑 호준이는 요괴가 아니었거든. 요괴처럼 보였던 건 그 아이들을 잘 몰랐을 때의 이야기야.

근데 오늘따라 아직 교실에 선생님이 오시지 않았어.

'선생님이 학교에 오지 않으셨나? 혹시 또 아프신 건 아니겠지?'

솔찬이는 기분이 이상해졌어. 걱정이 되어 주위를 두리번두리번 했어.

'엇! 선생님이 복도 창문 너머로 우리들을 보고 계시네!'

정다정 선생님은 아이들이 도란도란 떠드는 모습을 보고 계셨어. 그러다 솔찬이랑 눈이 딱 마주쳤어.

'전에도 선생님이랑 이렇게 눈이 마주친 적이 있었는데!'

정다정 선생님이 새로 오셔서 강욱이랑 호준이로부터 상처를 받았을까 봐 걱정하며 보았던 그때가 떠올랐어. 하지만 지금은 그때와 달리 걱정할 필요가 없어졌어.

정다정 선생님은 솔찬이를 향해 한쪽 눈을 찡긋하며 씨익 웃어 주셨어. 꼭 장난꾸러기 친구처럼 말이야.

솔찬이도 선생님을 향해 활짝 웃었어.

'선생님, 우리 반이 참 달라졌어요. 이제 우리 반이 정말 좋아요!'

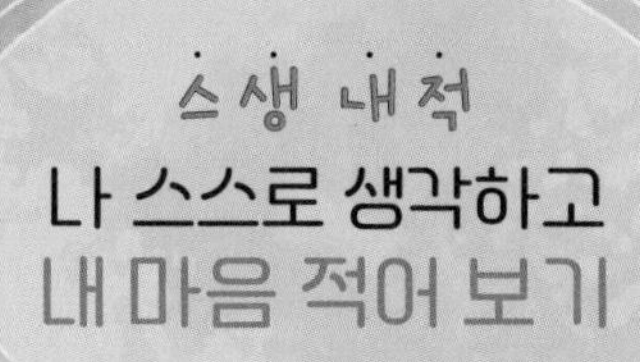

스생 내적

나 스스로 생각하고 내 마음 적어 보기

학교 생활이 즐거운가요? 우리 반 모두가 함께 즐거워지기 위해 나는 어떤 일을 할 수 있을까요?

우리 반 친구들에게 해 주고 싶은 말이 있나요?
세 가지만 적어보아요.

마음 소통 1

난장판
우리 반이 달라졌어요!

초판 1쇄 인쇄 2024년 12월 20일
초판 1쇄 발행 2024년 12월 26일

글쓴이 정진
그린이 젤리이모
펴낸이 김옥희
펴낸곳 애플트리태일즈(아주좋은날)
편집 이지수
디자인 안은정
마케팅 양창우, 김혜경

출판등록 2004년 8월 5일 제16-3393호
주소 서울시 강남구 테헤란로 201, 501호
전화 (02) 557-2031
팩스 (02) 557-2032
홈페이지 www.appletreetales.com
블로그 http://blog.naver.com/appletales
페이스북 https://www.facebook.com/appletales
트위터 https://twitter.com/appletales1
인스타그램 @appletreetales
@애플트리태일즈

ISBN 979-11-92058-47-4 (74810)
ISBN 979-11-92058-46-7 (세트)